Este artículo
fue donado a la biblioteca
por una persona interesada en
que la juventud lea.

*Oregon Library Association*
*Proyecto / Project*
**¡Amo Leer!**
*2009*

Given to your library
by a person who cares about
youth and reading.

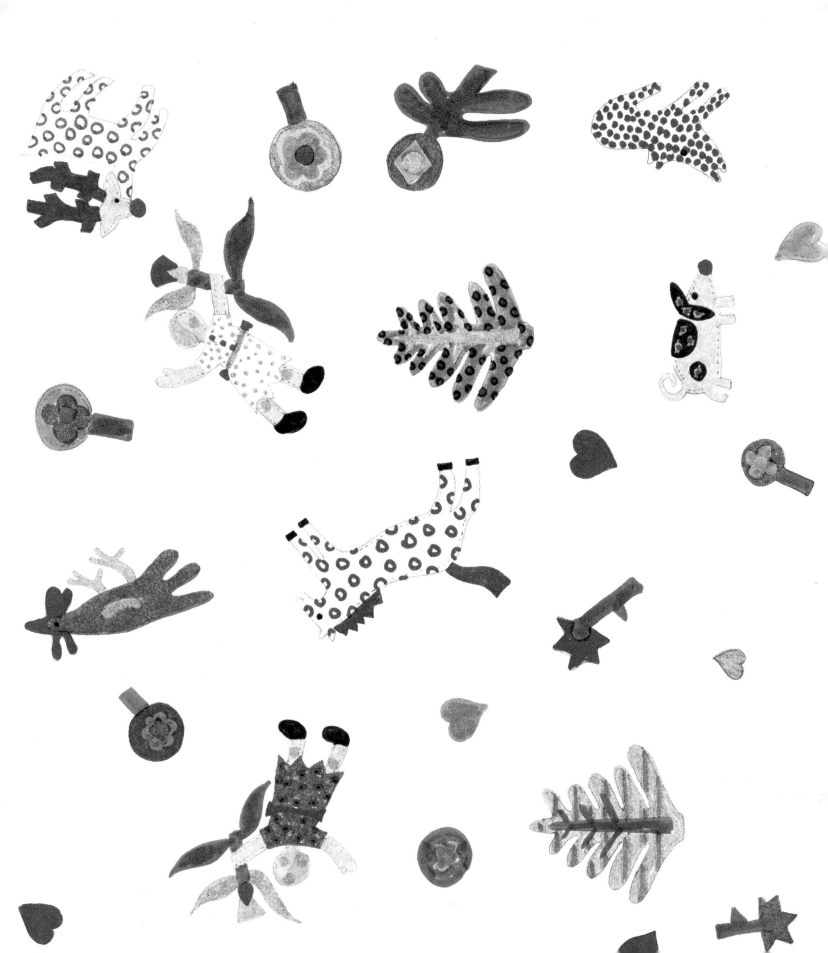

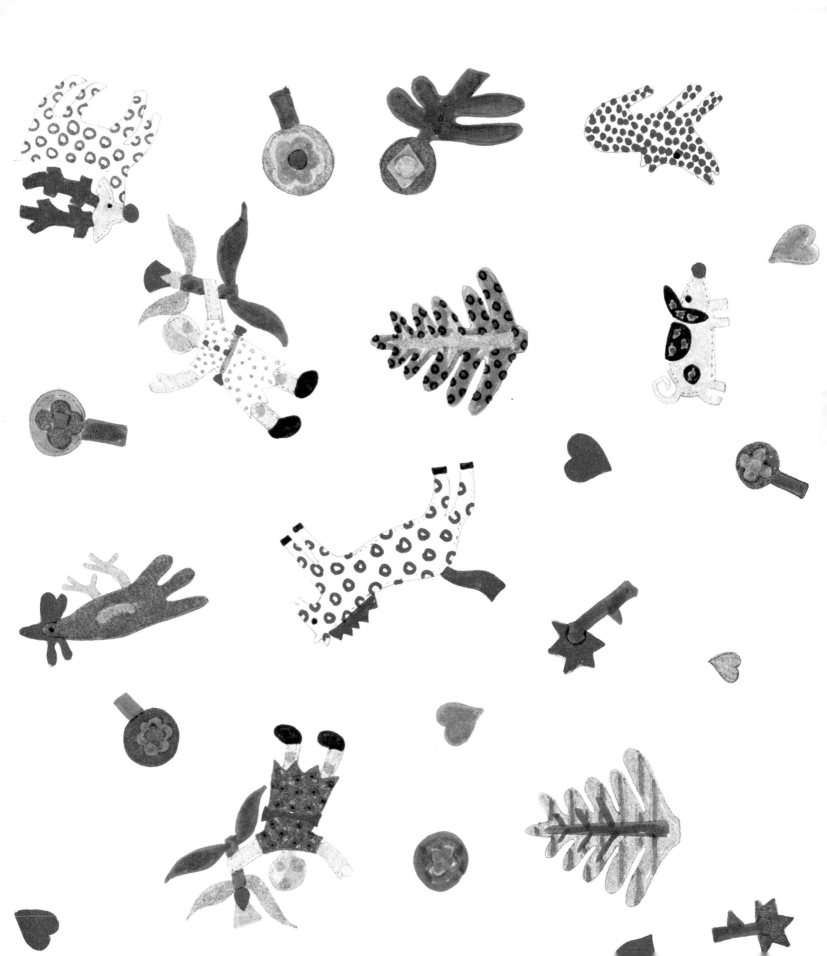

# La colcha de los recuerdos

LA COLCHA DE LOS RECUERDOS

Spanish translation copyright © 1999 by Lectorum Publications, Inc.
Originally published in English under the title
THE KEEPING QUILT
Copyright © 1998 by Patricia Polacco
Published by arrangement with Simon & Schuster Books for Young Readers,
an imprint of Simon & Schuster Children's Publishing Division.

1-930332-79-3 (PB)
1-880507-54-4 (HC)

Printed and bound in the United States of America

Library of Congress Cataloging-in-Publication data is available.

10 9 8 7 6 5 4 3 2

# La colcha de los recuerdos

## PATRICIA POLACCO

Traducción de Teresa Mlawer

LECTORUM
PUBLICATIONS, INC.
a subsidiary of Scholastic Inc.
New York

Cuando Anna, mi bisabuela, llegó a América, procedente de Rusia, llevaba puesto el mismo abrigo grueso y las mismas botas que había utilizado para trabajar en el campo. Pero ahora su familia ya no trabajaba la tierra. Su padre se dedicaba a vender cosas que llevaba en un carretón del que tiraba por las calles de Nueva York, y el resto de la familia se pasaba el día haciendo flores artificiales.

Siempre había mucha gente en la calle y todo el mundo andaba de prisa. La vida era completamente diferente a la de Rusia. Pero éste era ahora su país, y la mayoría de los vecinos estaban en las mismas condiciones que ellos.

Cuando Anna comenzó a ir al colegio, el inglés le sonaba como cuando se tiran guijarros en una charca: *Shhhhh... Shhhhh... Shhhhh.* Sin embargo, a los seis meses ya hablaba inglés. Y aunqu[e] sus padres nunca lograron aprenderlo bien, ella los ayudab[a] a entenderse con los demás.

Los únicos recuerdos que le quedaban de su Rusia natal eran un vestido y una pañoleta que hacía volar por los aires cuando bailaba.

Pero muy pronto el vestido le quedó
chico y su mamá le hizo uno nuevo.
Entonces, su mamá cogió el vestido viejo
y la pañoleta y, de un cesto de ropa vieja,
sacó una camisa del tío Vladimir, un
camisón de la tía Havalah y un delantal
de la tía Natasha, y dijo:

—Haremos una colcha que siempre nos
recuerde nuestro hogar. Así, será como
si cada noche nuestra familia de Rusia
nos acompañara, como si bailaran a
nuestro alrededor.

La mamá de Anna les pidió ayuda a todas las vecinas y, juntas, cortaron y cosieron animales y flores de los retazos de tela. Anna enhebraba el hilo en las agujas y se ocupaba de dárselas a las señoras según las necesitaban. Con la pañoleta de Anna, hicieron un adorno en todo el borde de la colcha.

Los viernes al atardecer, la mamá de Anna rezaba las oraciones que daban comienzo al *Sabbat*. La familia cenaba sopa de pollo y pan de *challah*, y la colcha les servía de mantel.

Cuando Anna creció, se enamoró de Sasha, mi bisabuelo.
Y como éste la amaba de verdad, para demostrarle que
quería ser su esposo, le obsequió una moneda de oro,
una flor seca y una piedra de sal y todo lo ató en
un pañuelo de hilo. El oro representaba
prosperidad; la flor, amor; y la sal era
para que tuvieran una vida feliz.

Ella aceptó el pañuelo
y se comprometieron
en matrimonio.

El día de la boda, la colcha
sirvió de la tradicional *huppa*,
y Anna y Sasha se juraron amor
y comprensión mutua bajo su
manto. Después de la ceremonia
religiosa, los hombres y las
mujeres celebraron el
acontecimiento por separado.

Cuando nació mi abuela Carla, Anna, su madre, la envolvió en la colcha para darle protección y calor. Y como bienvenida a este mundo, le regalaron oro, una flor, sal y pan. El oro, para que nunca conociera la pobreza; una flor, para que siempre tuviera amor; sal, para que su vida estuviera llena de gozo; y pan, para que jamás supiera lo que es tener hambre.

Con el tiempo, Carla aprendió a observar el *Sabbat*,
a cocinar, limpiar y lavar la ropa.
—Algún día te casarás —le dijo Anna a Carla—, y . . .

...ese día llegó y, nuevamente, la colcha sirvió de *huppa* en la boda de Carla con George, mi abuelo. Hombres y mujeres festejaron juntos, pero no bailaron en pareja. Y en el ramo, Carla llevaba pan, sal y una moneda de oro.

Carla y George se mudaron a una granja en Michigan, y la bisabuela se fue a vivir con ellos. Y al nacer la pequeña Mary Ellen, de nuevo la colcha sirvió para darle la bienvenida a este mundo.

Mary Ellen llamaba cariñosamente Doña Abuela a Anna. La bisabuela, muy mayor ya y casi siempre enferma, se calentaba las piernas tapándose con la colcha.

El día que la bisabuela Anna cumplió 98 años de edad, la familia lo celebró con el tradicional bizcocho de frutas y pasas.

Y cuando murió, toda la familia rogó para que su alma ocupara el puesto que merecía en el cielo. Por esta época, Mary Ellen, mi mamá, ya no era una niña pequeña.

Con el tiempo se fue a vivir por su cuenta, llevándose
la preciada colcha.

Cuando mi mamá se casó, también la colcha sirvió de *huppa*. Fue la primera vez que amigos que no eran judíos, asistieron a una boda en nuestra familia. Mi mamá lucía un elegante traje de chaqueta, y en el ramo de novia llevaba, como era costumbre, oro, pan y sal.

Y un buen día nací yo, Patricia. Y como era tradición en mi familia, la colcha sirvió para darme la bienvenida al mundo.

Y también sirvió de mantel en mi primer cumpleaños.

Cada noche, antes de dormirme, trazaba con mis dedos la silueta de
todos los animales de la colcha y le contaba a mamá historias donde ellos
eran los protagonistas. Ella, a su vez, me relataba de quién había sido la
manga con la que se había hecho el caballo, de quién, el delantal del que
se había sacado la gallina, de quién, el vestido floreado de donde se habían
hecho las flores y, finalmente, de quién había sido la pañoleta que
adornaba todo el borde de la colcha.

A mí me gustaba mucho jugar con la colcha. Me servía de capa en medio de una plaza de toros o de tienda de campaña en el corazón de la selva del Amazonas.

El día de mi boda, se continuó la tradición familiar, pero esta vez, hombres y mujeres bailaron en pareja. En mi ramo de novia había también oro, pan y sal; pero además unas gotas de vino, para que siempre tuviera alegría.

Tres años más tarde, mi mamá
sostuvo en sus brazos a Steven
John con la misma colcha. Todos
estábamos muy orgullosos del
nuevo hermanito de Traci.

Tal como años atrás lo hicieran su mamá, su abuela y su bisabuela, ellos también usaron la colcha para celebrar sus cumpleaños y para ponerla sobre sus hombros simulando capas de los súper héroes.

Con el correr de los años, Traci y Steven fueron creciendo y, cada vez que la familia se reunía, la abuela disfrutaba al relatar la historia de la colcha.

Todos sabíamos de dónde procedía el material con que se había hecho cada flor y cada animal.

Mi madre incluso tuvo la dicha de poder enseñarles y relatarles la historia de esta preciada colcha a los nietos de mi hermano, sus biznietos.

Cuando mi madre murió, todos rezamos para
que su alma subiera al cielo. Por esta época, Traci
y Steven ya eran unos jóvenes a punto de
comenzar a vivir su propia vida.

Y ahora, espero el día en que yo también sea abuela, para poder contarles a mis nietos la historia de la Colcha de los Recuerdos.

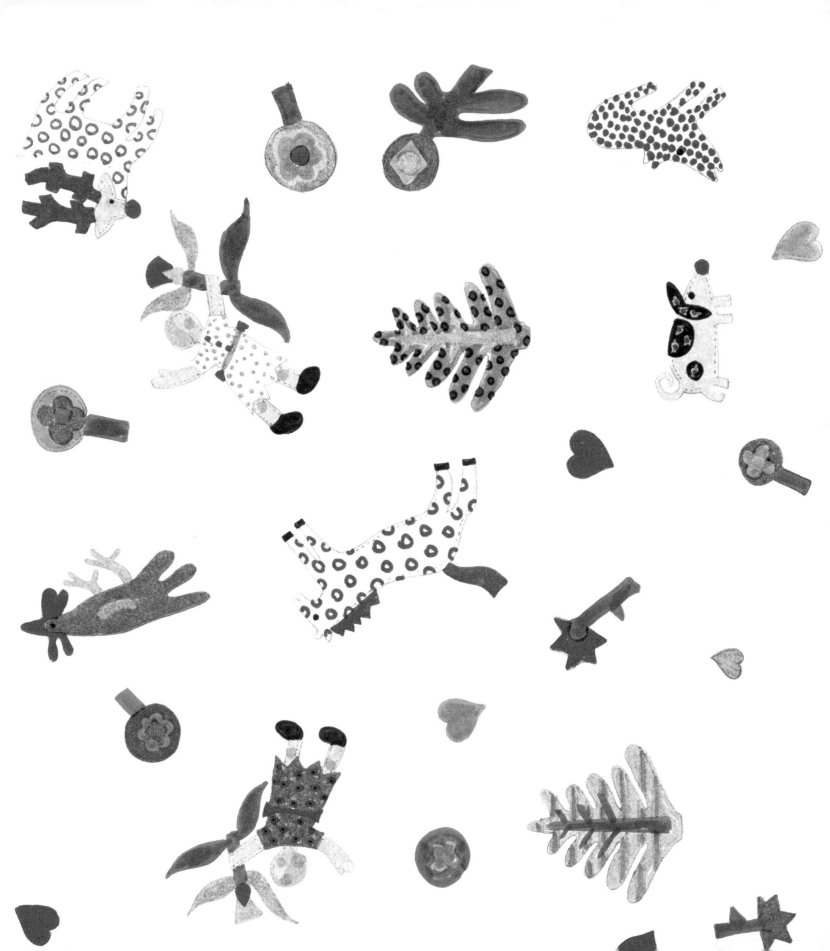